JN195708

真実の自分と向き合う

100の寸言
500のおしゃべりレシピ

臨床心理士
藤掛 明
［文・写真］

いのちのことば社

はじめに

私たちには二つの必要なことがある。それは「語り合う」ことと「孤独になる」ことである。どちらも簡単で、実はどちらも難しい。

語り合うためには、その内容が役に立つことや面白いことである必要はない。平凡な話題でもよいし、あたりさわりのない世間話でもかまわない。大事なのは、私たちが「言葉と心」のキャッチボールをすることができるかどうかだ。そうしたキャッチボールのほんの少し先に、真実な発見や深い潤いが待っている。

一方で、孤独になることも大切である。誰もがひとりで過ごす時間を必要だと感じている。無心に一人で過ごす方法はいろいろある。私のお勧めは、文章を読んで思い巡らすことである。黙読は人を孤独と静まりの世界に導いてくれるし、いつのまにか自分の内面世界に向き合わせてくれる。自分が自分の心とキャッチボールをしている状態と言えるかもしれない。

さて、本書は実にお節介にも、「語り合う」ことと「孤独になる」ことをお勧めする短文集である。

第一部は、100の寸言集となっている。

ひとりでゆったりと読んでいただけると本望である。ただ、掲載した寸言は、私が書いたブログ記事などから引用したもので、未熟であり、守備範囲も偏っている。ありがたい名言というよりも、荒削りな覚え書きとして、批判も含めてお読みいただきたい。

第二部は、おしゃべりをするためのレシピ（話題集）になっている。50の問いが並ぶが、どれも正解はない。言葉と心のキャッチボールを行うためのきっかけとなることを願ったものだ。二人でも、三人でも、あるいはもう少し大勢のグループでも使うことができる。肝心なのは、他の人の発言に便乗したり、触発されたりしながら発言することである。そして善意であっても、他の人の発言に対して批判や解決案の押し売りをしないことである。

もっとも、ある人にとっては、おしゃべりの問いのほうが黙想につながりやすく、寸言のほうがおしゃべりの素材になることもあるだろうから、あまり決めてかかることは意味がない。寸言であろうとおしゃべりの問いであろうと、黙想や語り合いの呼び水として、そのつど自在にアレンジして、読者それぞれが独自の話題を創造していただくことが筆者としての最大の願いである。

もくじ

第二部　50のおしゃべりレシピ　77

第一部　100の寸言

1　人生を眺めてみると

1　❖人生全体のなかで

目の前の課題を、人生全体のなかで眺めてみると、新しいものが見えてくる。
人生全体の長さや重さを考えたら、目の前のことは小さくて軽い。
人生の道の複雑さを考えたら、目の前の道は案外と歩きやすい。

2　❖一輪走行

私たちは、応援していると同時に、応援されている。援助していると同時に、援助されている。自立すると同時に、依存している。それは車の両輪のように……。

ところが、それを忘れて、一輪走行をしようとすると、順調なときは良いが、困難なときにはとたんに転倒の危機を迎える。

3

❖一歩ずつ

もし足下を照らす灯りがある（旧約聖書・詩篇119・105）としたら、私たちの人生の歩き方が変わってくる。急がず、一歩ずつ歩けばよいと思うようになれる。一歩ずつ進むことで必要なことが刻々と見えてくる。サーチライトのような光は必ずしも必要ではないことがわかる。

4

❖中間の世界

私たちは、もっと中間を大切にしなくてはならない。社会が、100点か0点かに振り分け、中間を排除しつつあるからこそ、この中間を意識し、保持していく必要がある。そのためには中間の成功を積極的に認めるし、失敗してもそれは0点ではないことを絶えず確認する必要がある。

5

❖小さな喜び

人は困窮を経験すればするほど、そこから一気に抜け出すことを求める。しかし、本当の喜びとは、むしろ自分の中に大きな悲しみがあることを認め、悲しみと喜びが同時にあることを受け入れることから始まる。大きな悲しみのすぐ脇にある「小さな喜び」「ささやかな希望」を見いだしていく体験が大切なのだ。

環境が変わらなくとも、自分の能力やコンディションが変わらなくとも、今の自分のままで、すでに神様が備えられている「小さな喜び」「ささやかな希望」を見

いだすことが肝心である。

6 ❖それも少し斜め先に

「予想以上」、「予想外」、「予期せぬ展開」。これらは、大切な感触である。

人は目標や思惑で行動する。しかし、そのとおりに100パーセント到達したとしても、実はたかがしれている。本当は、最初の目標や思惑に向かうプロセスの中で、期せずして別の金脈を発見することが大切なのだ。最初の目標の、その先に、それも少し斜め先に、大切なものが待っている。

7 ❖選択肢

状況をどう解決するかでなく、状況をいろいろな角度から眺め直し、選択肢を広げることが大切なこと。たとえ、同じ結論に至ったとしても、これしかないと最初から決めつけるのと、いろいろな選択肢を広げてみて、そこから選ぶのとでは、全然違ってくる。仮に、具体的な解決策が得られなくとも、選択肢を広げることで、新しい風景が見えてくる。

8　❖人が輝くとき1・あえぎながら

人が輝くのはけっして苦しみや不満のない状態ではない。むしろ、そうした苦しみや不満にめげずに、あえぎながら前進していくときである。

9　❖人が輝くとき2・神の冒険

突然のハプニング。予期せぬ失敗。それらを偶然とするのか、意味あることとするのか。また、人間の気まぐれの結果とするのか、神の冒険に参加するとっかかりとするのか。この差は絶大だ。日常のできごとの受けとめ方の質が、その人の輝きのルクスを決定する。

10　❖人が輝くとき3・大きな意味

自分の遭遇しているできごとの背後に、自分の平凡な生き方を超えた大きな意味を見いだすことができるときに、私たちは劇的な感動を味わう。自分のわずかばかりの能力を超えて高められていく高揚感のなかで、私たちは強烈な輝きを放つのである。

第一部　1　人生を眺めてみると

2　いろいろな知恵

11

❖ beingをささやかに味わう

doing（行為をする自分）から一歩退いて、being（存在する自分）を味わう。

これは言うは易しで、慌ただしく、忙しいときには難しい。そのような私たちには、適度に立ち止まり、ささやかにbeingを味わうための儀式のような瞬間が与えられている。考えたら、魂のためにはかけがえのない時間である。

散歩。

病院の待合室。

時間調整に立ち寄る書店やカフェ。

比較的長い時間の電車移動。

12

❖鞄の中身

鞄の中には、惰性で持ち歩いているもの、もしかしたら必要になると思っているものが入っている。これが出張や旅行となるとさらに、いろいろなものが加わる。その許容量が決まっている以上、目的や段取りに応じてますます取捨選択が迫られる。もしかしたら「地上では旅人である」（新約聖書・ヘブル人への手紙11・13参照）ためには、人生の手荷物を減らすことも含まれているのかもしれない。

13

❖手帳を買う

現代にあって、手帳を買う、用意する、という作業は、多様な選択肢があり、刺激的で、いろいろなことを考えさせられる体験だ。おそらく、年賀状や大掃除、おせち料理などの諸作業にも勝る、新年を迎えるための心の儀式になっている。

14

❖二つの方策

忙しい人が休むための方策が二つある。

(1)日々の多忙な仕事の中であっても、そのただ中で安らぐこと。

(2)日々の仕事を離れ、本格的な休暇をとること。

ここからが問題だ。どちらか選ぼうとすると失敗する。両方同時に大切だということだ。

15

❖多忙さの効用

第一に、多忙さは、大局的なもの、本質的なものを見なくて済むようにしてくれる。

第二に、多忙さは、他人に対して鈍感にしてくれる。

第三に、多忙さは、理屈抜きの充実感や、自己効力感を味わわせてくれる。

16

❖怒りの点検1・自覚がない場合

一番危ないのは、本当は怒っているのに、本人にその自覚がない場合である。自覚がないのに、身近な人からあなたが怒っていることを指摘されたら、深刻な事態であると考える。

17

❖怒りの点検2・八つ当たり

人生が行き詰まり、人生の危機に遭遇しているとき、ある人はそれを「怒り」で表現する。「八つ当たり」のようにして、身近な特定人物に怒りを注ぎこんでしまうこともある。

18

❖怒りの点検3・バーンアウト

「仕事」量が、自分のキャパを超えているときに、ある人は「怒り」というサインを出す。バーンアウト（燃え尽き）の兆しである。

19

❖怒りの点検4・語ってみる

怒りを自覚したら、一呼吸入れて、他人に語ってみることである。

今、自分の人生で起きていることについて、あるいは、ここ最近の忙しさについて、いったん心を白紙にしながら語ってみることである。

20

❖なじんでから

かつて、私が家族療法の訓練を受けていたとき、指導者から、面接は一か月くらいは間隔を空けるようにと教えられた。なぜなら、「家族療法」の方法というのは、通常の個人カウンセリングと異なり、現在の家族メンバーの関係性に小さな変化を起こしていくものだから、その変化を見届けるためには、一か月くらいは必要ということなのだ。

新しいことは、少しなじんでから評価する。
なじむまでは、多少のことも大目に見る。
溶け合い、身になるためには時間がかかる。

3　人生の試練

21

❖スローボール

野球漫画「巨人の星」。その主人公・星飛雄馬が、高校時代、エース投手としてチームを一人で引っ張り、全国大会の決勝まで進む。しかし、準決勝戦でツメを怪我してしまい、肝心の決勝戦では、スローボールを投げ続けた。情けないくらいにかわす投球に徹した。私たちにもそんな日がある。

22

❖不可欠なプロセス

私たちは挫折を人生の諸所で経験する。時には未来を考えられなくなるほどに、過去の痛手に苦しむこともあるだろう。しかし、そこで過去を考えないようにしてカラ元気を手にすることは得策ではない。過去の記憶に苦しむことは、心の作業には必要なことであり、本当の再出発を遂げるための不可欠なプロセスなのだ。

23

❖境界線上に

大きな困難に遭遇し、当てもなく、絶望を感じるばかりのときというのは、知らず知らずのうちに、人は境界線上にたたずんでいる。融和と対決の境、独身と既婚の境、親になる境、管理する人と管理される人の境、冒険と安全の境、青年と中年の、あるいは老年との境、仕事中心の生き方と個人中心の生き方の境。そこでは、理屈で明快な決断をすることは難しい状況が待っている。もっと心の深いところで自分と格闘するようにして、従来の目的や価値観など吟味し直し、変更することが迫られるのである。

24

❖隠し味

旧約聖書の大指導者ヨセフとモーセには共通点がある。ヨセフは、奴隷としてエジプトの高官の家に売られ、そこで管理者の仕事をさせられた。モーセは、家族から引き離され、エジプト王族の教育を受けることになった。その結果、二人はイスラエル民族の並外れた指導者になった。正統的な道ではなく、外部で学んだからこそ、ユニークで創造的な指導者になったのだろうと思う。

期せずして、正統な道でなく、外部で学んだからこそ……。こういう隠し味が人生にはある。

25

❖神の祝福

私たちは、現状が理想にほど遠く、不本意な苦労を強いられていると感じることがある。そのような場合、早くここから脱出し、本来の道に進ませてくださいと、祈る。

皮肉なのは、そのような不遇な状況のただなかで、良いことが起こることだ。

そのとき、私たちは不遇な現状のただなかであっても、つまり現状の大枠がまったく変わらなくても、神の祝福のあることに気づく。

26

❖日常と非日常

大きな困難に遭遇したり、自分の人生設計を根本から脅かされるような状況が起きると、日常生活が維持しにくくなる。「こんなことをしている場合ではない」などと焦る。非常事態が心の中で宣言され、何でも有り、の「非日常」状態に陥る。

そういうときこそ、日常が大切なものになる。日常の些細(ささい)な習慣や節目を自覚し、達成していくことが問われるし、必要によっては、現状で可能な新たな日常を創出しなければならない。

27

❖正しい負け方

〝負け戦(いくさ)〟にも、いわば正しい負け方と、正しくない負け方がある。

正しくない負け方というのは、自分が劣勢にあることを認めず、勝ちにこだわって、一か八かの戦いを仕掛けることである。その結果本当に玉砕してしまう。

正しい負け方とは、分別をもって、一歩一歩慎重に後退しながら、絶えずバランスの良い戦い方を心がけることである。そうすることで、長い目で見ると、ダメージは最小限となり、体力を温存して、次の新しい流れに備えることもできるだろう。

28
❖秘訣
主の祈りでは、「悪に打ち勝たせたまえ」ではなく、「悪から救い出したまえ」と祈る。まさに、悪に打ち勝つための最大の秘訣が、悪には自力で戦えないことを認めることである。

29
❖サイン
挫折や失敗も、それは自分の大切な作品。自分自身の一部として、画家のようにサインをすることにしよう。

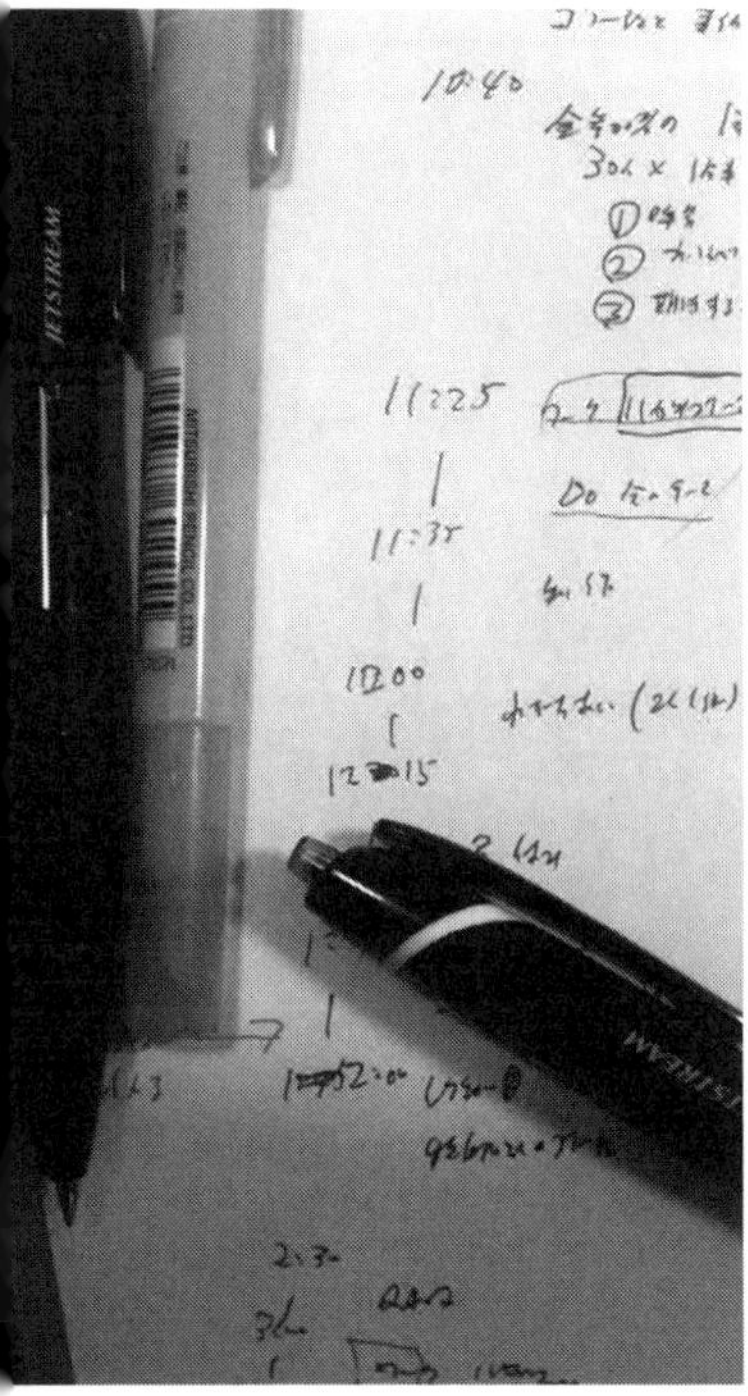

4　仕事

30

❖人生の折り返し地点

人は三十五歳で人生の折り返し地点を迎える。

三十五歳までは、自分の勉強や問題意識の幅をどんどん広げていけばよいと思うが、三十五歳以降は、そうは気軽に広げてはならない。むしろ、すでに得た守備範囲を深く掘り下げていかねばならない。

少し飛躍するが、歴史に名を残すような大研究は、その基本がだいたい三十五歳までに着手されている。その後は残りの人生でそれを発展させてきたにすぎない。三十五歳の折り返し地点を、どのように意識して通過するのかは、その人の生涯にかかわる大事なことである。

31
❖仕事を学ぶ
創造性の高い仕事を学ぶのに、一番良い方法は、創造性の高い仕事をしている人のもとで仕事をし、その人を模倣することだ。

32
❖とびきりの創造性
とびきりの創造性は、他者との語らいのなかで完成すると思っている。なにせ、天地創造も、三位一体の語らいのなかで完成したのだし。

33
❖ウサンクサイ
自分の仕事に対して、謙虚さと、堂々の自画自賛の双方が、同じ重さで働いていることが理想である。どちらかばかりが強調されると、とたんにウサンクサクなる。

34

❖ひとり

文章でも、講演でも、はたまたアイデアでも、目の前の、ひとりに語りかけ、ひとりに提案するかのような精神が大切なのかもしれない。

35

❖プロ

プロというのは、いかに高得点の仕事をするかではなく、悪条件が重なっても、いつも最低ライン以上の（たとえば60点以上の）ものを提供できることだ。

さらに、そういう悪条件の中だからこそ応用を利かせ、結果的にその状況に応じた冒険をする。そこにはささやかであっても必ず「創造」的要素が息づいている。

36

❖好調の波を待つ

不安なとき、自信が持てないとき、人は悪しき完璧主義に陥る。

いつも順調な状態を維持することはできない。集中できなくても良しとする。好調の波を待つのだ。

37

❖見切る

仕事を完成させるのに、持ち時間、締め切り期限との兼ね合いで、「ここまで」と仕事を不満足な出来であっても終わらせ、見切ることも肝心である。

さらに、個々の仕事で見切るだけでなく、もう少し長い年月での人生設計でも見切ることが肝心である。ある人は「諦めるリスト」「手を出さないリスト」を作り、定期的に更新しているという。

38

❖復帰

私たちは人生の勝負どころで、足止めを食らったり、休養に追い込まれたりすることがままある。そのとき再スタートというのか復帰というのか、そうした際には、極端な大活躍を目指しやすい。たとえば、うつの患者さんが、職場を休職し、その後復帰する際など、「周囲が驚くほど活躍して、休んでいた分を一気に取り返したい」などと言う。

しかし、本当は、復帰当初、「必ずしも活躍できない自分」「思うようにいかない弱い自分」をさらすような覚悟がないと、かえって失敗しやすいし、結果的にそのような開き直りがないと、空回りが続いてしまうだろう。

5　人生の後半戦

39

❖人生の後半戦

人生の前半戦から後半戦の質的転換は、祈り、瞑想、交わりによって支えられる。またこれらの反映として、創造的な趣味・遊びは、後半戦に不可欠な要素であり、価値観の点検や修正にも役に立つ。

40

❖人生時計の計算式

小学校の先生がかつての教え子に向かって「人生時計」の計算式を語った。人生を一日にたとえ二十四時間で表現するのである。計算はいたって簡単で、自分の年齢を3で割るだけである。中学を卒業する三年生は十五歳だから「5」ということになる。まだ午前五時だ。もし二十歳ならば、「6あまり2」で午前六時四十分である。

あなたの人生時計は今、何時だろうか。その時刻に普段どんなことをしているだろうか。ある人は自分の人生時計の時刻が昼休みなので、午後からの仕事に備えてもう少し休もうかと言い、ある人はおやつの時間なので自分にご褒美を用意することを思い立つ。自分なりの意味づけをすることができて楽しい。

41

❖剛速球投手

プロ野球などで、剛速球の投手が活躍したとする。快刀乱麻の活躍を続けるが、やがてかつてのような剛速球が投げられなくなる。野球人生の前半戦が終わり、下降線に入るのである。しかし、この後、以前の活躍とは異質の活躍をし始める投手がいる。そういう人たちは、今度は変化球とコントロールで勝負し、巧みな投球術で、再び活躍するのである。さながら人生の質的転換を乗り越えたかの観がある。

42

❖大切な人間関係

出会いがしらの好印象、意気投合もいいが、長い時間を経ての、なにげない再発見、良い人だなあとじわじわと思う経験もいい。後者は人生の後半戦の大切な人間関係になるかもしれない。

43

❖人生のくだり道

人生の下り道（人生の後半戦）では、登り道に比べ、性急ではない。下り道はそもそも体力が衰え、登り道のような歩き方ができなくなっており、至る所で不便さを感じる。その不便さを楽しむ姿勢が大切になる。

44

❖夕方から始まる物語

新約聖書で、弟子たちが、イエスに強いられて舟に乗り、湖の対岸にむかう物語がある（新約聖書・マタイの福音書14章）。弟子たちだけが乗った舟は、強風にあおられ波と格闘する。

朝方でも、昼日中（ひるひなか）でもなく、夕方に舟をこぎ出す物語。それは、人生後半戦の物語でもある。自分だけの責任とは言えない、成り行きというか、他から強いられて進んだ結果、予期せぬ危機に遭遇する。そういう物語だ。

ただし、人生の後半戦では、目の前の荒波や暗闇を瞬時に消してしまうような奇跡は起こらない。実は近くにいるイエスを舟に迎え入れる、という小さな内なる奇跡を起こすしかないのである。そして、この小さな内なる奇跡は、当事者を対岸という新しい人生のステージに導いてくれる。

第一部　5　人生の後半戦

45

❖十五歳以上

ある経営者が、自分の年齢の、プラス・マイナス十五歳以上の人と交流することの重要性を説いている。たしかに、視野が広がり、自分の直接触れられない社会を知る機会ともなる。

私は、十五歳年上の人に何を伝えられるだろうか。

そして、十五歳年下の人から何を学べるだろうか。

46

❖すでに

聖書には、預言者ヨハネが、弟子を介して、イエスに問うた記事がある。

「おいでになるはずの方はあなたですか。それとも、別の方を待つべきでしょうか。」（新約聖書　マタイの福音書11・3）

預言者ヨハネは、キリスト（救世主）の道備えを果たすべく活動していた。彼はすでにイエスにも会っていた。なのに、イエスがキリスト（救世主）であるかどうか、わからなかった。おそらくヨハネにとって、イエスの姿や活動が、自分の考えるそれとは違ったのであろう。

私も問う。「私が祈り求めてきたことは、すでに実現しているのですか。それとも、まったく別の（私が理想と思い描いてきた）状況になることを待つべきでしょうか」

47

❖回り道

教会生活の寿命問題（教会に通い始めた人が、数年で教会に来なくなること）を考える際には、「寿命」でなく、回り道であること、そして、もともと最初から信仰に致命的な問題があったのではなく、健全な成長のなかで、信仰の次なるステップに移行するのにとまどったり、失敗したりしたものと考えたほうがよい場合が多いのではないだろうか。

48

❖一時停車か途中下車か

聖書には、ある一族が神の導きで、ふるさとを出発した記事がある（旧約聖書・創世記11章以降）。しかし途中で旅をやめ、定住してしまう。いわば途中下車をしてしまったのである。たしかに、やみくもに強行し、燃え尽きてしまうことは避けたい。だから一時停車を行うことも必要になる。しかし、そこに停車したまま安住しては、先に進めない。一時停車か途中下車か。大きな問いかけである。

6　いろいろな生き方

49

❖型をやぶることのできる人

自分の弱さを十分に受け入れ、信仰をもって型を破ることのできる人は幸いである。彼は、そのつど、現実を見、それを信仰によって肯定的に受けとめ、そこに神から与えられようとしている意味を見いだそうとする。その過程で、迷ったり、立ち止まったり、振り返ったりするのであるが、そうした迷う自分も受け入れるし、そうした自分を人に見せることもできる。

50

❖負けず嫌い

「未熟型の自立人間」（矛盾に満ちたネーミングだが）とでもいえる人たちがいる。この人たちは、努力家でもあり、実績を残し、評価も得やすい。しゃれたことも言えるし、そこそこ人生哲学も感じられる。

しかし、このようなタイプの人は、意識している自分と、意識していない自分の二つに、分離している。意識していない自分というのは、まさに「未熟な自分」である。多くは、親との結びつきが強く、「子どもの自分」を維持している。わがままであったり、甘えであったりを温存し、許容している。
意識している自分というのは、「自立した自分」で、非常に理性的で、負けず嫌いである。というのも負けは自分の未熟さを認めることになってしまうから、大問題である。勝つことは、成熟し、自立している自分を強調できる機会となるからである。

51 ❖目的と手段

現代は、複雑化して、目的の見えない時代である。こうした状況に耐えかねて、いわば手段を目的にすり替えてしまうことが起きる。たとえば買い物も本来手段として機能するものだが、それをすり替えて、買い物行為自体を目的とするようになると、幻想的ながら生きる達成感を強烈に、そしてお手軽に味わえるのである。このように手段が目的に転じたとき、依存症の病理が始まるのである。

私たちは、困難な状況に遭遇したときには、こうしたお手軽な達成感や充実感の誘惑には気を付けなければならない。なぜなら、必ずしも買い物やアルコールというわかりやすいかたちでやってくるわけではなく、その誘惑は巧みに、多彩にやってくるからである。

52 ❖尽くすパターン

「顔色うかがい」の生き方をする人たちがいる。彼らはとにかく自分を必要としてくれる誰かを求めている。それも想像を絶する凄まじさで求めている。自分のありのままを出したら周囲は自分を絶対に受け入れてくれないだろうという確信に基づいて生活している。そのため、ふつうの人間関係では、ささいなことにも自分の弱さ、駄目さを刺激されやすく、つらくて仕方がない。そこで自分が明らかに優位に立てる人に結びつこうとする。たとえば、真面目な女性がチンピラばかりに恋をする場合などはそうだ。こうした人間関係は、尽くす側から見れば、「こんな人だからこそ私が必要だ」という感覚を強烈に味わえるのである。

53 ❖敵前逃亡パターン

「顔色うかがい」の生き方をする人たちがいる。彼らは、相手に拒否される前に、自分から先手を打って関係を切ろうとすることがある。もたもたしていて相手に完全に拒否されて立ち直れないほどの痛手を負うより、自分から関係を切って拒否されるほうが、まだ耐えられるというわけなのである。それほど相手から拒否されることを恐れているのだ。

54 ❖自棄パターン

「顔色うかがい」の生き方をする人たちがいる。彼らは、拒否されても傷つかない自分になろうとすることがある。言葉を換えれば、孤独に生きていくことに平気な人になろうとしているのである。悪の自分、一匹狼の自分が本来の自分なのだといった否定的な生き方を形作っていくわけなのである。だから人に援助を求め、相談しようとする意識が非常に希薄になる。ヤクザやヤクザ的生き方に憧れる人のなかにはけっこうそういう人たちがいる。過激な毒舌家のなかにも毒舌が自分が傷つかない防御壁になっている場合がある。

55 ❖いきがる人

なにかにつけて反抗し、いきがる人がいる。彼らの心の中をのぞくと、「いきがり」の裏側には、自分のふがいのなさと戦い、疎外感と戦う実像がある。自分のふがいのなさを埋め合わせるために性急に自己拡大感を求めるし、寂しさをやわらげようとして必死に連帯感を求めている。それから周囲に対して他罰的であるのも特徴である。思いどおりにならない場面では、自分以外に問題があると主張してくる。自分に問題があると少しでも認めてしまうと、自分が全部ダメになってしまうような感覚がある。それほど余裕がないのである。

56

❖おちゃらける人

ひたすらおちゃらける人がいる。適度なものであれば順応的であるのだが、それが過度になると、周囲からひんしゅくを買うことになる。過激におちゃらける人たちは、孤独で寂しい状況と戦っていることが多い。皮肉なことに、おちゃらけがエスカレートすると周囲への挑発となるので、結果的にいっそう疎外、孤立してしまう。

57

❖いじっぱり

我慢強く、弱音をはかず、ひたすら頑張り続ける人がいる。表面的な社交性はあるが、内面的な事柄は見せてくれない。まじめで頑張りやで、不遇な環境などではびくともしないくらいの前向きな気持ちを持っている。ただし、危機場面では、その対応が非常にワンパターンである。新しい解決法を探ったり、人に援助してもらったりするような柔軟性がない。自分の感情にも鈍感になりやすく、視野狭窄的で、変化に対応することが恐ろしく苦手である。

58

❖尋常でない上昇志向

尋常でない上昇志向。現実をきちんと見ていない積極思考。これらの背後には、多くの場合、根深い劣等感がある。それを払拭するために、過剰な行動に出てしまう。ちょうど人が呼吸しないと生きていけないように、彼らは上昇し続けないと生きていけない感覚がある。つまずいても、失地回復のために、「上昇志向をさらに高める」という対応方法しか持っていないのである。

59

❖混ぜ物

どのように高貴な人の「使命感」にも、高尚でない人間的な「混ぜもの」が入っているものである。本当に高尚な人生を全うする人は、そうした混ぜものが自分の使命感に混入している、あるいは混入してくる危険性をリアルに自覚している人である。

それがないと、役割や自分の立ち位置で得ている、自分の賜物（才能）や成熟さを超えた「底上げ」部分の評価や実績を、自分の評価や実績だと思いこんでしまいやすい。また、自分の「使命感」が絶対だと思い始めた瞬間から、使命感が最優先され、そのためなら他の物を（宗教をも）利用することが始まってしまう。そして自分の使命感、自分の人生のためなら、多少のことは許される、仕方がない、という感覚が強化されていくのではないだろうか。

7　人間関係

60
❖止めてもらう

駅伝では、ランナーが走れなくなると、本人の自覚と判断力に期待ができないため、監督がランナーの体に触れて、棄権させるルールがある。すぐ休まなければならない緊急事態に備え、私たちも駅伝のように、他者から止めてもらうアテを作っておきたい。

61
❖語り合う

語り合うことは、メンタルヘルスにおいて、最大の決め手である。問題を解決するためではなく、ひたすら聞き合い、語り合うのが大切である。そこには相互作用のなかで生まれるものがある。人は、相互作用の中で癒され、新しいものが見えてくるのである。

62

❖愛する

人を敬い、愛するとは、その人のこれまでの生涯を思い描いてみること。そして彼（彼女）なりに頑張ってきたんだと思うこと。

63

❖聞き続ける

聞き続けることで、本当のその人の世界に辿りつける。

教会の交わりで気を付けなければならないのは、すぐに答えを用意し、与えてしまうこと。

64

❖「会わない」時間の恵み

人は、他の人と頻繁に会うことによって、親しくなる。一方で、人は、他の人と頻繁に会わないことによって、親しくなることもある。双方ともに大切なことである。

なにかにつけて、すぐに会ってばかりいると、相手についつい巻き込まれてしまう。見えるものも見えなくなる。逆に「会わない」メリハリがあると、会ったときの集中力が違う。会うまでの間に、あれこれ考えることも、意味あることである。

自分だけのことではない。その人のためを考えても、いつも一緒にいてあげる愛情もあるし、いっとき見守る愛情もある。マイクを握るような会話もあるが、糸電話のような交わりもある。

65
❖他人への関心

人が自分の弱さを認められると、自分だけを頼りとする姿勢も弱まるために、余裕ができ、他人に真の関心を抱けるようになる。対等な人との関わりの中で学ぶことも増えていく。

66
❖褒めることと感謝すること

よく人間関係を改善するためには、人を褒めることだと言う人がいる。しかし、心から褒めるのでないと上から目線になってしまい、褒められるほうも嬉しくはない。やはり感謝されることが心に届く。

8　物語

67

❖物語

私はよく「物語」という言葉を使う。「物語」といっても、架空の話とか、フィクションというわけではない。自分の数々の体験を自分なりに一定の視点で解釈することをさす。そこには模範解答というものはなく、個々人が吟味し、言葉にして構築していくものなのである。状況が悪く、活路がないと思うときにも、自分の物語は見つけることができる。

68

❖人生の物語をくみ出す

その人の人生を聴くというのは、その人の人生のできごとを点と点で結ぶようにして流れを受けとめ、その物語をくみ出す作業である。そして実は物語といってもひとつではなく、幾通りもの物語が隠されていて、今、どの物語を取り出そうとしているのかを、目の前にいるその人と共に語り合いながら考えていく作業でもある。そしてどのような物語をくみ出したとしても、そこには（当人がまだ気がつかないだけで）キリストがいて、その出来事を御心としたという厳粛な事実がある。

69

❖物語を書き直す

自分の物語（自分の数々の体験に対する自分なりの解釈）は刻々と書き直されていくべきものである。われわれは神ではない。不完全な人として、そのつど与えられている情報や認識に誠実に応じながら、最善の自分の物語をつむいでいくしかないのである。

70 ❖「わからない」と言えること

苦難の直後にもかかわらず、素晴らしい証（たとえば、キリスト教信仰者が苦難にありながらも神の計画と導きを感じ、喜びを表明するような）をうかがうことがある。

多くは、信仰厚い、成熟した証（物語）であろう。こういう人たちは健康度が高くて、その後の状況の推移のなかで、刻々と新たな信仰上の物語を書き換えていける人たちである。

ただ、心配なのは、そうした早期の感謝の物語を、模範解答のように賞賛しすぎたり、固定化させてしまうと、周囲の弱い人が、自分の物語をつむげなくなる。物語化を焦り、「わからない」ということを言えなくなるのである。

71 ❖儀式と物語

私たちは、人生の転回点で、ペースを変えたり、元気づこうとすることがあるが、うまくいかないこともままある。

たとえば、自分の過去を振り返るばかりだと、それなりの発見はあっても、振り返る作業が際限なく続いて終わってしまう。振り返りが、「ふんぎり」や「決断」に至らず、生活自体は変わらない。そこには儀式が欠けているのである。

一方で、生活のメリハリを付けようと、「自分へのご褒美」とか、非日常的なイベントなどのセレモニーを多用することがある。しかし、そうしたセレモニーだけでは、瞬間的なお祭り騒ぎで終わってしまう。そこには、新しい物語が欠けているのである。

新しい物語と儀式。このふたつがそろって、私たちは元気づき、実際の新しい生活に向かっていくことができるのだ。

72 ❖ここにきて

困った状況に陥ると、私たちは、昔からの自分の駄目な性格や生き方があるので、それが原因で、こうなったのだとつい思ってしまう。しかし、そういうことは案外少ない。

むしろ、これまでの自分のやり方がうまく機能し、成功してきているのである。ところが、人生、ここにきてそれが通用しなくなったのである。だから今にふさわしいやり方をこれから探し、変えればよいのだ。

73

❖信仰の説明

カトリックの来住英俊（きしひでとし）神父がその著書の中で、自分の実感に基づき、信仰を語った。「キリスト教信仰を生きるとは、人となった神、イエス・キリストと、人生の悩み、喜び、疑問を語り合いながら、共に旅路を歩むことである」と。

とかく私たちは教理的で伝統的な信仰の説明をすることになじんでいる。個人ごとにキリスト教との出会いはいろいろあるはずである。キリスト教信仰の入り口にあって、個人の物語がもっと多彩に語られてよいのではないか。

9　統合

74

❖つなげる１・いろいろな自分と

最近、考えていること。

それは、いろいろな自分を「つなげる」ことの大切さ。

たとえば、あの時の挫折や失敗と、今の自分をきちんとつなげられているだろうか？

自分らしい自分と、自分らしくない自分とを、つなげられているだろうか？

また、今の不完全な自分と、未来の希望に満ちた自分をどのようにつなげていけばよいのだろうか。

75

❖つなげる２・日々の自分と

いろいろな自分をつなげる。

日曜日の自分と、月曜日の自分をもっとつなげられないだろうか？

昨日の自分と今朝の自分をもっとつなげられないだろうか？
今日の最初の仕事と、二番目の仕事とは、実はつながっているのではないだろうか。

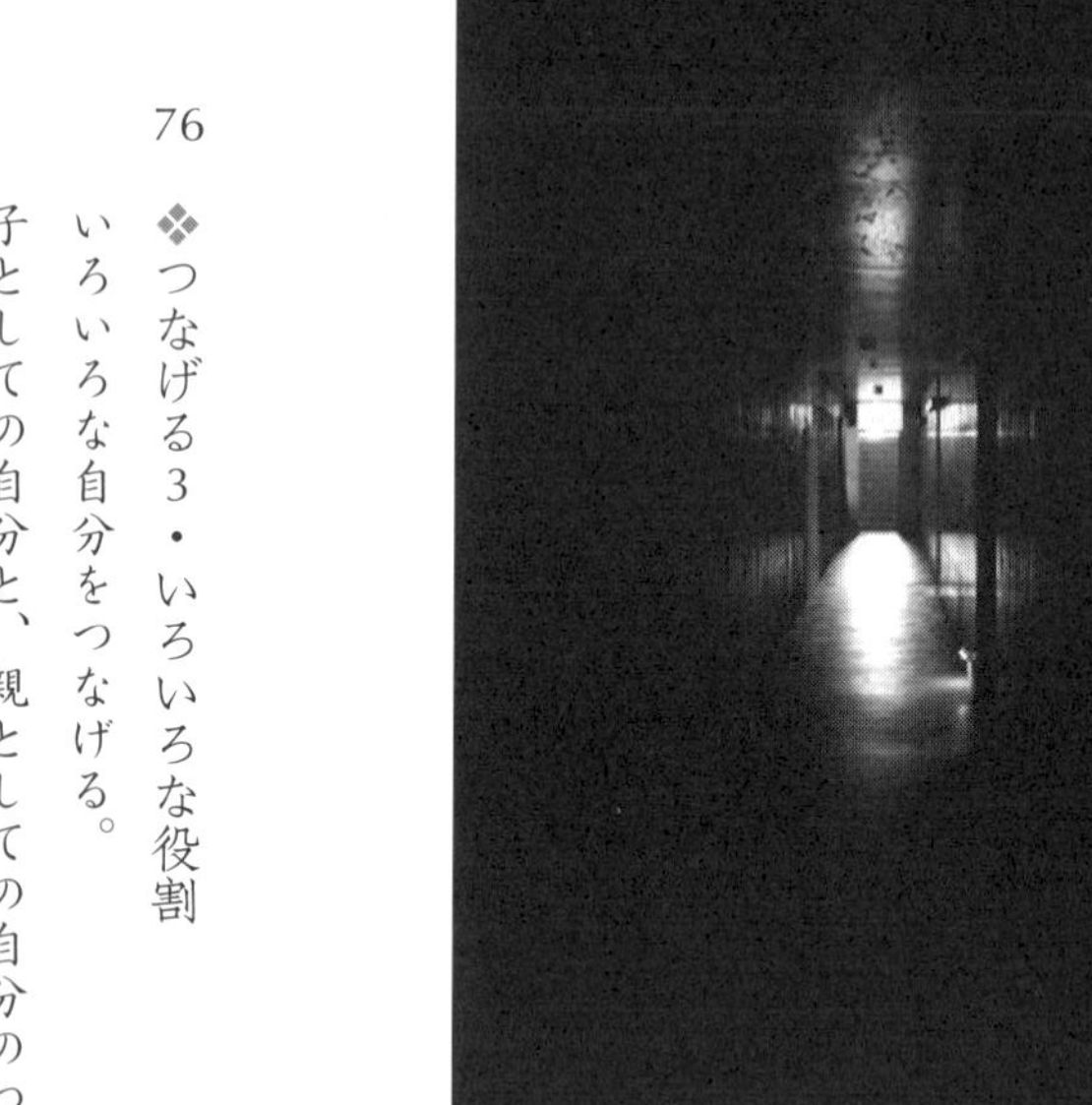

76

❖つなげる3・いろいろな役割

いろいろな自分をつなげる。

子としての自分と、親としての自分のつながりの姿をもっと自覚したい。

仕事と、趣味や気晴らしのつながりの姿ももっと自覚したい。信仰者の自分と、一般市民としての自分のつながりにもっと誇りを持ちたい。

77

❖つなげる4・命と死

いろいろな自分をつなげる。

健康な自分と、病弱な自分とのつながりだってあるはずだ。バリバリと生きていく自分と、死を静かに迎えようとする自分のつながりだってあるはずだ。

自分の中にある瞬間と永遠の狭間で、たくさんのものがつながる世界を体感していきたい。

78

❖新しい生き方が現れるとき

人生の中盤で、これまでの生き方と、真逆の新しい生き方とが現れ、その選択を問われることがある。おそらくどちらかを性急に選択するのでなく、対照的な二つのものがゆっくりと統合していくのを見守っていくのが肝心なのだと思う。豊かな人生の始まりである。

79

❖二律背反

大切な、本質的な問題ほど、背後に二律背反（二つの相反する真理）が隠されている。その隠された性質を味わわないと先に進めない。そして皮肉なことに、この二律背反の世界を認めないと、かえってどちらかの意見の、単純な崇拝者になってしまう。

たとえば、神さまの奇跡的な介入と、無力な人としての努力。

自分の日常生活を維持することと、非常事態に特別なアクションを起こすこと。

一市民としての貢献と、専門家としての貢献。

これらはどれも大切で、必要で、どちらかを早々に決めつけて選び取るわけにはいかない。刻々と変化する状況の中で、たんたんとそのつど受けとめ直し、取り組んでいくしかない。二律背反の真理の世界である。今日も、明日も、二律背反の世界を手放さずに生きていくしかない。

80

❖祈り

あるご高齢の婦人が言うには、「私は、二つの選択を迫られたとき、両方それぞれに実際に選択したらと想定して何が起きるか具体的にいくつも書き出すの。そして、そのひとつずつを祈るようにしてるのよ」と。

彼女の「どちらの可能性もきちんと祈るようにしている」という体験談風アドバイスは、言葉を変えるなら「人生の二択の大問題は、早々に選択しない。二択双方を尊重する。すると新しい世界が見えてくる」という統合のテーマと重なる。

81

❖人生の宿題

ひょんなことから、自分の未解決な大きなテーマを直視させられるときがある。いわば人生の宿題を提出することが求められたのである。

さて、人生の宿題を提出すると、いろいろな変化が生まれる。まずそれまで苦手だった人が苦手でなくなるということが起きる。また生活がそれほど変わったわけではないのに、人生の風景が違って見えてくる。一つのテーマの遂行にあれこれ苦心していたことに比べれば、視界が開け、選択肢が増え、新しい希望を感じることができるのである。

GU

10　儀式

82
❖儀式に支えられる

状況が刻々と変わるなか、じたばたとせざるを得ないことが多いと認めると、いつも自分の自律心や洞察力にばかり頼るのでなく、自分を定点観測するような仕組みを持つことの大切さを感じる。その有力な方法の一つとして、個人的な儀式をつくることである。一日の時間管理にも、十年の時間管理にも、儀式は大切なものとなる。儀式はいろいろな節目に、立ち止まり、自己点検する機会を与えてくれるからだ。

一日の節目、一週間の節目、一か月の節目、季節の節目、一年の節目、いろいろと考えられる。儀式は場所も大切で、自宅で、職場で、公園で、教会で、喫茶店で、図書館でといろいろな場所が選べる。また、ひとりで行う儀式もあるし、友人や家族と行う儀式もある。教会で行う儀式もあるだろう。

83

❖儀式のほど良さ

日常の節目は、ほどよく立ち止まり、自分が考えるべきテーマをほどよく思い起こし、ほどよく振り返り、ほどよく洞察したり実行したりする格好の機会になっている。

私たちは、忙しいときほど、この日常の節目を守る努力をすることが大切になる。忙しくて非常事態だから、すべてをとっぱらって頑張るというのは実は大変危険なことである。

84

❖意図的に儀式を

自分で意図的に節目を作り出す。いわばオーダーメイドの儀式である。自分の忙しい生活の中で立ち止まり、それなりに点検する機会を新たに用意しておくのだ。個人的な記念日を作ったり、いろいろな名目で食事会やお茶会をしたり、そうしたことが儀式になる。

85

❖儀式がグリーフ（別れの悲しみ）を癒やしてくれる

故人を思い、嘆き悲しむとはいえ、喪失した直後を除けば、日常生活を放棄するわけではない。ほどよいタイミングと方法で、嘆き悲しむことが必要になる。そのため、人には様々な節目に儀式が用意されている。一般的にはまず葬儀があり、喪に服す期間があり、納骨や初盆があり、一周忌や三周忌があったりする。教会でも、葬儀があり、記念会があり、記念礼拝や墓前礼拝があり、同じように嘆き悲しむ節目を設けている。

86

❖悲しみを消化する

人の心も魂も、儀式のような体験に助けられながら、そして象徴的な体験に心を潤わせながら、死別の悲しみを消化していく。

＊妻を失った男性が、妻との思い出を長編小説のように毎日書き続ける。
＊老父を失った女性が、老父の遺品の万年筆を持ち歩く。
＊子どもを失った親が、その子どもが好きだった童謡を口ずさむ。

これらはどれも当事者にとって大切な心の儀式である。これは、故人をほどよく思い出し、ほどよく故人と対話し、その時々にふさわしく嘆き悲しむことを可能にしてくれるのである。

87

❖儀式が人生の節目を教えてくれる

もともと人生の節目には、お食い初め式に始まり、入学式、卒業式とか、成人式とか様々な儀式が用意されている。結婚生活も銀婚式や金婚式といったお祝いが数多く決められている。還暦や古稀といった長寿を祝う節目も事欠かない。

社会が用意してくれたこれらの節目で人は一度立ち止まり、自分の人生を振り返り、人生の中で自分のいる場所を確認することが自然と行われる。

88

❖時代とともに

人生の節目の儀式は、時代とともに、個人主義が台頭し、軽視されるようになっている。そこで各自が個人的に、人生の中で自分がどのような地点にいるかという自覚をする必要が出てきた。個人的な儀式として、自分のためだけの記念日を祝いご褒美などをあげるのも、この時代の知恵と言える。私たちは案外、それほど意識せずに個人的な儀式を持っていて、機能させているように思う。

89

❖連帯感

人は儀式により他の参加者との絶大な連帯感を味わうことができる。儀式は時間を超え、場所を越える。儀式は、過去の人たちとも、別の所にいる人たちとも連帯感を味わわせてくれる。

90

❖神との交流

儀式はエネルギーを引き出してくれる。ただし引き出されすぎてしまうこともある。また、儀式は深い体験に導いてくれるが、同時に深い体験に埋没することから守ってくれる。

プロテスタント教会では、万人祭司という考え方を共有している。信仰者だれもが、直接神に近づき、神に仕えることができるというもので、考えてみるとすごいことである。なぜなら本来、神と直接交流することは、罪深い被造物にとってとてつもないことであり、死につながる。直接交流など滅多に求めないのが安全であるが、かといって交流を閉鎖してしまうと魂が枯渇する。

だから祭司という仲介者がいたり、事細かに様々な宗教儀式が決められていたりするというのは悪くない方法である。こうしたことによって、神の威光ときよさとエネルギーが洪水のように襲ってくるのではなく、「ダムや水路」のように、ほどよいボリュームで寄せられ、その恵みにあずかれるのだと思う。

儀式には、現実を超え、安全なかたちで、心の奥深いところでの体験が用意されているのである。私たちはすでに与えられている儀式を確認し、また新たに現代の儀式を創るべきなのである。

91

❖リズム

神が天地を創造し、人に息を吹き込んだとき以来、脈や呼吸がリズムの起源になっている。それゆえリズムには不思議な力があり、人の精神を活性させ、また秩序をもたらす力を持つ。

また私たちは大きなリズムに囲まれている。昼夜の交替。平日と安息日の交替。これらは被造物のリズムである。これはそのまま精神活動にもつながってく。

さらに拡張して考えるなら、節目や儀式が、日常の中でアクセントとなり、比喩としてのリズムとなって、人の生き方に活性と秩序を与えてくれる。

日常生活にリズムを再発見し、採り入れる。大きなテーマである。

92

❖つきが変わる

人は困れば困るほど、さらに頑張ってなんとかしようとする。強行突破が加速する。しかし、大きな失敗をした際、とりあえず休もうとすることもある。「頭を冷やす」「しばらく死んだふりをする」「つきが変わるのを待つ」などと言って、いつもの頑張って背伸びをする生き方を理屈抜きにゆるませるスタイルをとるのである。信仰者であっても宗教に無縁の人であっても、大事にしたいスタイルである。そこには、人生には人の思惑を超えた力があることを認める姿がある。

11　老年期

93

❖人生の魔法

一度目が、青年期。自分の理想や筋を展開させる中で、思いどおりにうまく周囲や状況を変え、自分の目標を達成したときだ。

しかし、中年になると、その魔法は力を失い、現実的、実際的な生活が始まる。

二度目の魔法は、老年期、あるいは晩年期に訪れる。今度は、問題を解決するような魔法ではない。運命を受け入れ、自分を変えていくという魔法だ。

冬の朝夕の光の美しさは、人生の魔法の時期に関係があるに違いない。

人生には魔法が使える時期が二度訪れる。

94

❖後悔の念

人は時として後悔の念にとらわれる。どんなに前向きに生き、順調な人生を送っている人でも、後悔のない人などいない。しかし、その人が人生のどの位置にいるかでその性質は違う。

人生の終盤では「取り返す」、「やり直す」、「修復する」希望が持てず、苦しむことになる。この時期ほど、過去に区切りを付け、今に生きることが問われているのだと思う。

95

❖断念する知恵

人は加齢と共に、「広げる」から「深める」へと発想を転換することが求められる。さらに人生が進むと「死と老化」がテーマとなり、今度は「断念」する発想へとたどり着く。断念することで、より豊かで新しい世界が待っている。

96

❖遺稿を目にして

原稿などの締め切り間際の集中力は尋常ではない。「降りてくる」と表現する人もいる。人には自由と同時に、枠組みが必要だとあらためて思わされる。

あるとき、ある方の遺稿を目にする機会を与えられた。独特の神々しい集中力だ。死も、人生という作品の締め切りと考えることができるのかもしれない。

97

❖次世代

自分の使命が、なにも自分の人生で必ずしも実現しなくてもよいのだ思えたとき、一段と自由になれた気がした。そして、次世代で実現すればよいのだ、次世代に希望を託すこともできるのだと考えることができた。

98

❖嘆き悲しむ

グリーフ（死別の悲しみ）で、大切なのは嘆き悲しむこと。性急に、忘れようと蓋をしてしまうのがいけない。

99

❖過去を作りなおす

「親の死、それはあなたの過去を失うこと」というグロールマンの言葉がある。親の死後、しばらくの間は、親族などから、亡き親の知らなかった話を聞く機会がたびたび訪れる。親像に新たな肉付けがなされるのである。服喪というのは、たしかに「過去を失う」のだが、その上で「過去を作りなおす」作業でもあるのだ。

100

❖終わりを迎える

ねらい澄まして、納得して、物事がクリアしていくことなど、そうはない。
大事なのは、未達成が決定的となったときに、笑い飛ばす開き直りではないだろうか。
この場合、自分の至らなさも認めつつ、良い意味で開き直るのである。
それは、一日の最後も、一年の最後も。
もしかしたら職業生活の最後も。
そして私がいつの日か迎える人生の最後も。

第二部　50のおしゃべりレシピ

1　自分の世界を味わう（Ⅰ）

1

❖自分を動物にたとえる

自分を動物にたとえてみましょう。
そして、動物である自分は、どんな環境、状況にいると思いますか。
もし、他の動物と一緒に行動するとしたら、どんな動物でしょうか。
その動物とは、どんな関わりになりそうでしょうか。

2

❖好きな飲み物

あなたの好きな飲み物はなんですか。

それはどういうときに飲みたくなりますか。
なにかその飲み物について思い出がありますか。

3
❖好きな食べ物

あなたの好きな食べ物はなんですか。
それはどういうときに食べたくなりますか。
なにかその食べ物について思い出がありますか。

4
❖好きな歌

あなたの好きな歌はなんですか。
どこが好きですか。
どのような思い出がありますか。

5 ❖自分の理想としたい人にはどんな人がいますか？

歴史上の人物でも、聖書の人物でも、芸能人でも、身近な人でも。

6 ❖今の気持ちを

今の気持ちを、擬音で表現してみましょう。

だぶ〜ん

ぎゃひーん……（トラブルが発生）

たぷたぷ

トロリン

ガンガン（なんとか立て直しました）

ぬぬ

……以上、今日の私でした。（笑）

（＊擬音は、ひとつでかまいません。）

7 ❖映画やドラマ

映画やドラマで、印象に残っているものをあげてください。
その作品のどこに魅力を感じますか？
その作品にまつわるなにか思い出がありますか？

8 ❖一日のうち

一日のうち、どのような時間帯が好きですか。
それはどうしてでしょうか。
一週間のうち、どの曜日が好きですか。

それはどうしてでしょうか。
一年のうち、どの月、どの時期が好きですか。
それはどうしてでしょうか。

9 ❖得意、不得意

あなたの得意なことはなんですか。
あなたの不得意なことはなんですか。
なんでもかまいません。
なるべくささやかな事柄をそれぞれひとつ考えてみましょう。

10 ❖小さな幸せ

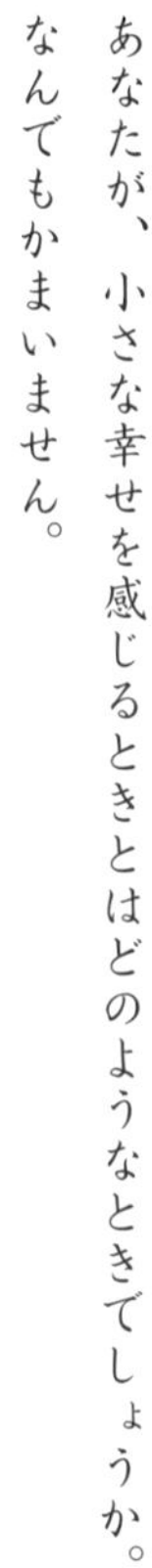

あなたが、小さな幸せを感じるときとはどのようなときでしょうか。
なんでもかまいません。

2　名前を味わう

人の名前を知り、名前を呼び合うと、一段と親しい交流が始まる。
自分の名前、人の名前を味わい、遊ぶいくつかの方法を……。

11　❖名前を味わう1

あなたの名前の命名の由来をご存じですか。
それについて、どのような感想をお持ちですか。
そして周囲の感想は？

12　❖名前を味わう2

これまで人から呼ばれた「呼び名」、「愛称」などをふりかえって教えてください。

幼いころのものでもかまいません。

そしてそのことへの思い出がなにかありますか。

私の場合――　〝ふじやん〟

思い出。ある人気漫画で、パーヤンという太り気味の人物が登場するが、その人物の「やん」をもらった。当時太っていたので。

13　❖名前を味わう3

自分で、あえて名前を微妙に改変するとしたら、どうしますか。

音は同じでも、漢字を変えるとしたら、どうしますか。

私の場合――藤掛明→藤掛輝（もっと明るく輝く）

14

❖名前を味わう4

自分の名前を素材に、呼び名、愛称を飛躍させてみる。

例↓私の氏名――「藤掛明」↓「黒澤明」にして世界的なクリエイターに。
私の氏名――「ふじかけあきら」の氏と名の境目を採って「けあ（ケア）」にして援助者に。

これらを、他人に考えてもらうのも一つの方法です。

15

❖名前を味わう5

自分の氏名あるいはどちらかを頭文字に標語や自己紹介文を作る。

例↓ふ…ふだんから

じ…地道な努力が苦手で
か…カンだけが頼りなので
け…けがしてばかりの人生です

3　自分の世界を味わう（Ⅱ）

16　❖道に迷う

あなたは道に迷ったことってありますか？

絶対あります。

いろいろな迷い方をしているはずですが、
一番印象的な、道に迷った経験を思い出してみましょう。

迷っている最中の思いや見通しはどうでしたか。実際にどう決着しましたか。

たくさん思い出せる人は、なかでも、小さい頃のほうを選んでもらうのがよいと思います。

道に迷ったときの、迷い方、解決の仕方って、その人の、今の生き方をけっこう反映させていますので、過去のことなのですが、今の自分らしさをあわせて感じ取っ

てみましょう。

17 ❖自分の顔

自分の顔（表情）について、これまで一番輝いていた時期はいつでしょうか。

そのころ輝いていた原因はなにがあったのでしょうか。

逆に、一番輝いていなかった時期はいつでしょうか。

そのころ輝いていなかった原因はなにがあったのでしょうか。

今のあなたの顔は、これまでの自分のなかでは、輝いているほうでしょうか。輝いていないほうでしょうか。

18

❖大事なもの、うらやましいもの

あなたの大事なものを、三つあげてみましょう。
他人の持っているもので、うらやましいものを、三つあげてみましょう。

19

❖元気

あなたが元気になれるときを三つあげてみましょう。
あなたが元気になれないときを三つあげてみましょう。

20

❖リラックス

あなたがリラックスできるときを三つあげてみましょう。
あなたがリラックスできないときを三つあげてみましょう。

21 ❖支えとなった言葉

これまでに、支えとなった言葉、元気をもらった言葉にはどのようなものがありますか？　今回は聖書の言葉を除いて考えることにします。

22 ❖お祭り騒ぎ

場が盛り上がり、気持ちが高揚するようなお祭り騒ぎの体験。

私たちはいつもではありませんが、このような体験をすることがあります。

大声で歌う。ゲームに興じる。スポーツ（競技者として、観客として）でエキサイトする。イベントに参加する。ドラマや小説に感動し涙する。

あなたのお祭り騒ぎにはどのようなものがありますか。

あなたにとって、お祭り騒ぎの魅力はなんですか。

これから取り入れたいお祭り騒ぎにはどのようなものがありますか。あなたの生活のなかで、お祭り騒ぎのしめる割合は、人と比べ、多いほうでしょうか。少ないほうでしょうか。

23 ❖成功と失敗

自分らしい失敗とはどのようなものですか。
自分らしくない失敗とはどのようなものですか。
自分らしい成功とはどのようなものですか。
自分らしくない成功とはどのようなものですか。

24 ❖回想

一番古い自分の回想はどのようなものでしょうか。

あのころ、よくしたものだったという習慣ではなく、
あの日あの時、これをしたという具体的な場面（まるで映画の一場面のようにありありと思い出せる情景）を思い出してください。

それは何歳ころでしたか。どんな場面で、どうなっていったのでしょうか。

どんな気持ちがしますか（良い思い出か、悪い思い出か）。

どのへんが自分らしいと思いますか。

25
❖十年後

十年後の自分を想像してみましょう。

どこに住み、どんなことをしているでしょうか。

今とどんなところが変わり、またどんなところは変わらずにいるでしょうか。

4 もし……

26 ❖ご褒美

今、自分で自分にご褒美を出すとしたら、どんなご褒美（プレゼント）にしますか。

また、どんな名前（理由）のご褒美にしますか。

（「＊＊祝い」というふうにネーミングを考えてみてください。例＝小説読了祝い。）

また、誰からか、もらうとしたら、どんな名前（理由）で、どんなものをもらいたいでしょうか。

今、神様がご褒美をくださるとしたら、どんなご褒美をくださると思いますか。

27

❖店のリクエスト

あなたが、見知らぬ土地に一年間、住むことになりました。
住居の近くに、あってほしい店はどのような店ですか。
希望順で、三つあげてください。
ただし、総合ショッピングセンターやコンビニエンスストアは除くことにします。

例1＝①本屋、②郵便局、③喫茶店
例2＝①ケーキ店、②弁当屋、③お値段お手頃のレストラン

28

❖タイムマシーン

タイムマシーンを使って、自分の過去の好きな時期に戻れるとしたら、どの時期に戻りますか。

そしてなにをしたいですか。

それができたとしたら、今の自分が違ってくると思いますか。

29

❖住む町、観光の町

今まで住んだことがない町に住むとしたら、どこに住みたいですか。

それはどのような思いからですか。

また、これまで住んだことのある町で、一番良かったところはどこでしょうか。

それはどのような理由や思い出があるのでしょうか。

今年中に、観光旅行をするとしたらどこに行きたいでしょうか。
それはどのような思いからですか。

30

❖小説

自分を主人公にした空想の小説を書くとしたら、どのような設定にしますか。
職業は？　結婚は？　人柄や特技は？
人生最大の試練が起きるとして、どのようなものが起きますか？
その顛末はどのようになっていくでしょうか。

31

❖突然の空き時間

突然一時間の空き時間ができました。
それが外出中で、見知らぬ街の駅前であったとします。どのように時間を使いますか？

突然の空き時間が三時間だとしたら、どう使いますか？

32

❖良い場所・良い一日・良い人間関係

あなたにとって良い場所って、どういうところですか。

あなたにとって良い一日って、どういう一日ですか。

あなたにとって良い人間関係って、どういう関係ですか。

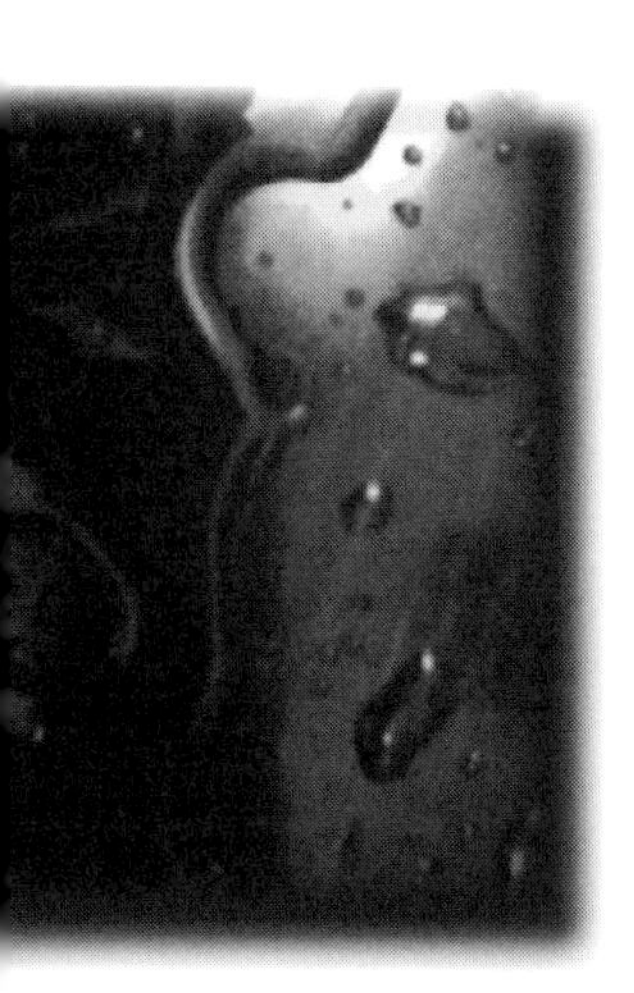

33 ❖あこがれの場所はありますか

どんな魅力がありますか。
その場所ではどんな体験を持つでしょうか。

34 ❖人生の終わりに

あなたの墓碑にどんな言葉を刻みますか。
あなたの自叙伝に、どんなタイトルをつけますか。
人生の終わりに、神様からどんなお褒めの言葉をいただくと一番うれしいですか。
あなたにとって、一番理想的な死に方はどのようなものでしょうか。

第二部　4　もし……

5 人間関係

35 ❖友だち

あなたにとって、友人とは、どんな人のことをいうのでしょうか。

今、新たに友人をつくるとしたら、どのようなきっかけで、どのような人と友人になりたいでしょうか。

36 ❖電話

自分の人生のある時期、親しかった人を思い出してみましょう。
もしこの一年以上、交流のない人に、電話をかけるとしたら、誰にかけますか。どんな話をすると思いますか。なお、長距離でも、長時間でも、相手が電話に出られない人でも、この際度外視してください。

37 ❖嬉しい言葉

人から言われて嬉しい言葉ってありますか？
実際に、言われて嬉しかった思い出があったら教えてください。

38 ❖一人、二人、グループ

一人で一時間すごすとしたら、なにをしますか。
二人で二時間すごすとしたら、誰と何をしたいですか。
小さなグループで三時間すごすとしたら、どのような人たちとなにをしたいですか。

39

❖人から

あなたは、人からよくどんな人だと言われますか。
それは納得していますか。

6　自己点検

40　❖ＳＯＳサイン

ＳＯＳサインとは、無自覚な窮状を、自分が自分に向けて発する警告サインです。人は、ストレスを感じ、息切れが強まると、無自覚にＳＯＳサインを出します。本当にしんどくなると、自分の状態を冷静に自覚できなくなるので、このＳＯＳサインをキャッチすることが大切になります。

私のＳＯＳサイン↓血豆ができる。約束をうっかりすっぽかす。派手に転倒する。私の軽いＳＯＳサイン↓無意味な夜更かし。遅刻。悲観的に考える。多めに食べる。

ＳＯＳサインは、個人ごとに異なります。過去の経験を振り返り、日頃意識しておくことが必要です。また、ＳＯＳサインをキャッチしたとき、実感としては（鈍感になっているので）それほどピンとこないことがありますが、実感よりもサインを重視します。

ＳＯＳサインは、三つの領域に出ます。①心の領域（いらいら、被害感など）、②体の領域（頭痛、腰痛など）、③振る舞いの領域（すっぽかし、夜更かしなど）、です。

①②は、本人も周囲も、生活全体にブレーキをかけようとしますからよいのですが、③は、「たるんでいる」「なまけている」と本人も周囲も感じてアクセルを踏もうとしますので、ますます息切れを強めてしまいます。③についてのＳＯＳサインを自覚しておくことは特に役立ちます。

あなたのＳＯＳサインはなんですか。

いくつかのサインをあげてみましょう。

本人より他人のほうが、ＳＯＳサインを観察していることがあります。聞いてみましょう。

参照→データ・コラム①②

41

❖ささやかな気晴らし行動

人は、ストレス解消のために、ささやかな気晴らし行動が大切です。質より量で勝負します。自分がそれを行うことで、理屈抜きに「潤う」「元気が出る」「安らぐ」ことがポイントです。

高尚な趣味は、努力や修行が必要なので駄目です。周囲から「そんなくだらないことを」と思われるぐらいが理想です。また、平素の自分らしくないものを行うことも望ましいことです。

例＝石を拾う。星を見る。鼻歌を歌う。長電話をする。他人のブログ記事を読む。
小説を読む。野球をテレビで観戦する。だじゃれを言う。ケーキを食べる。

あなたの気晴らし行動はなんですか。
なるべくたくさんの行動をあげてみましょう。
今後、あらたに取り入れてみたい気晴らし行動はありますか。

参照↓データ・コラム③

7　教会ばなし

42　❖教会を探す

新しい街に急に転居することになりました。
新しい教会を探すとしたら、そこにはどんな条件を求めますか。
三つくらい考えてください。

43　❖付属施設

教会が付属施設として、ミニ美術館、書店、レストラン、マッサージ施術院のどれかを経営することができることになりました。

あなたはどれがよいですか。それはなぜですか。

44 ❖キャッチフレーズ

あなたの教会のキャッチフレーズを個人的に作ってみてください。
ユニークで、多少暴走してもかまいません。
新来会者向けに、また他の教会への紹介用に。

45 ❖聖書の人物

聖書の中に、好きな人物はいますか。
また嫌いな人物はいますか。
また気になる人物はいますか。
それはなぜですか。

その理由は、普段の身近な人間関係に通じるものがありますか。

46 ❖ベストセラー

あなたはキリスト教出版社のやり手の社員です。（空想です）大ベストセラーを出してください。どんな本を作りますか。どんな工夫をしますか。

47 ❖良いことが起こる

あなたの通っている教会で起こるとよいなあと思うこと、また日本の教会で起こるとよいなあと思うことを個人的に自由に空想してみましょう。

ささやかな良いこと。

とびきりに大きな良いこと。

48 ❖嬉しい言葉

牧師や教会の人に言われて嬉しい言葉にはどのようなものがありますか？
逆に、言われても嬉しくない言葉にはどのようなものがありますか？

49 ❖教会での「私」

教会での「私」はどんな人と思われているでしょうか？

それは教会以外の場所（家庭、学校や職場、ご近所など）で思われている「私」と違いますか？

50 ❖説教の感動

今まで一番感動した説教、あるいは恵まれた説教はどのような説教でしたか？どんな影響を受けましたか？

データ・コラム①

■一般（若者）のSOSサインの例

ＳＯＳサインとは、無自覚な窮状を、自分が自分に向けて発する警告サインで、こころ、からだ、ふるまいなどの領域に出る。
ここに掲載したＳＯＳサインの例は、各人のＳＯＳサインを洞察する際の参考になる。また自分のＳＯＳサインの特徴を感じる手がかりにもなる。

一般（若者）・男性（49名）の回答から――

〈こころ〉
不注意・決断ができない（２）。いらいら（２）。人間関係に対する不安感。自殺を考える。思考力が落ちる。喜怒哀楽が激しくなる。なにかと悲観する。

〈からだ〉

腹痛・胃腸炎（5）。頭痛（4）。胸痛。食欲不振（2）。ニキビ（2）。夜眠れない。眠気（3）。唇が荒れる。吐き気。下痢。顔がむくむ・できもの（2）。ドライアイ。筋肉痛・つる（2）。動悸・息切れ（2）。汗かき。口内ヘルペス。いびき。

〈ふるまい〉

飲酒量増える（2）。喫煙増える（3）。頭をかく（2）。ぎこちない笑顔（2）。人の話が聞けなくなる・人と会いたくなくなる（2）。言葉使いが荒くなる。態度が落ち着かなくなる。とにかく人と話したくなる・無口（5）。無表情。過食・甘い物。浪費。早口。大声。愚痴。何事にも逃げ腰に。物にあたる（2）。悪口（相手に言わず独り言で）。夜更かし。朝起きられない。車の運転が乱暴になる。入浴時間が長くなる。目がきょろきょろ。閉じこもる・外出がおっくう（3）。放浪する。爪かみ（2）。貧乏揺すり。抜毛。

一般（若者）・女性（26名）の回答から――

〈こころ〉

無気力。怒りやすくなる・いらいらする（2）。投げやり。泣きやすくなる（2）。焦りが止まらない・悲観的（2）。

〈からだ〉

腹痛（3）。頭痛（3）。目の充血・目の下のクマ（2）。過食・甘い物（4）。食欲不振（2）。夜眠れない（2）。眠気（2）。吹き出物が出来る・肌荒れ・化粧ののりが悪い（4）。体重の減少。だるさ（3）。吐き気。手に汗（2）。生理不順。発疹（2）。

〈ふるまい〉

人の話を聞くのが面倒くさくなる。知らない遠くに行きたくなる。愛想笑い。誰かに無性に会いたくなる。貧乏揺すり。ため息。歯ぎしり。爪かみ。部屋が汚くなる。風呂に入らなくなる。無口。夜更かし。朝起きられない。

データ・コラム②

■キリスト者（中年）のSOSサインの例

キリスト者（中年）・男性（6名）の回答から――

〈こころ〉
いらいらする。余裕がない。悲観的・否定的になる。怒りやすくなる。集中力の低下。無気力。

〈からだ〉
肩こり・首こり。寝つきが悪くなる。口内炎ができる。

〈ふるまい〉
無駄に過ごす・優先すべき仕事に手がつかない（3）。未開封の来信封書や書類がたまる（2）。過食・甘い物。人の話が聞けない。すっぽかし。言葉が乱暴になりやすい。夜更かし。ダジャレが増える。長期計画を考え出す。配偶者につらくあたる。子どもへの対応が雑になる。牧師の説教、キリスト教図書に疑問点をみつけ、失望したりいらいらする（牧師を尊敬、信頼しているが）。

キリスト者（中年）・女性（18名）の回答から――

〈こころ〉
いらいらする。余裕がなくなる・悲観的・否定的になる、怒りやすくなる（9）。集中力の低下。無気力。責任転嫁をする。

〈からだ〉
熟睡できない。眠くなる（2）。頭痛（3）。目が疲れる。自律神経失調症。狭心症。歯ぎしり。コーヒーがおいしくなくなる。頭がボーッとなる・体の動きが鈍くなる。

〈ふるまい〉

過食・甘いもの・食事が乱れる（8）。部屋の中が散らかる（5）。人と会うのが嫌になる（2）。人の話を聞けなくなる（2）。人の発言に過敏になる・批判しだす。夜更かし（2）。大声。多弁。家族にあたる（2）。家事をする気がなくなる。料理の品数が減る。料理の品数が増える。愚痴が多くなる。人をなじる、非難する。ドアの開け閉めが乱暴になる。物事の処理がゆっくりになる。新しいことができない。今までやってきたことをやめ始める。ズバッと言ってしまう。サプリやドリンクを飲み始める。やるべきことを先延ばしにする。朝寝坊。遅刻。手紙が書けなくなる。本が読めなくなる。なくし物が増える。教会員や子どもの名前を呼び間違える。教会に関する危機感、悲観。

データ・コラム③

■キリスト者（中年）の気晴らし行動の例

キリスト者（中年）・男性（40名）の回答から――

＊実際の気晴らしのベスト10

①入浴する。②新聞を読む。③テレビを見る。④自分の仕事に励む。⑤夜にぐっすり眠る。⑥祈る。⑦散歩をする。⑧シャワーを浴びる。⑨手紙、はがき、カードを受け取る。⑩家の雑用をする。

＊楽しいと考えるもののベスト10（理想）

①音楽をきく。②田舎にでかける。③入浴する。④美しい風景を見る。⑤夜にぐっすり眠る。⑥旅行、休暇の計画を立てる。⑦家族や友だちのいい話を聞く。⑧アウトドアで遊ぶ。⑨おいしいものを食べる。⑩スポーツをする。

キリスト者（中年）・女性（40名）の回答から――

＊実際の気晴らしベスト10

①清掃、洗濯などする。②祈る。③料理をする。④入浴する。⑤新聞を読む。⑥テレビを見る。⑦化粧をしたり髪をととのえたりする。⑧家の雑用をする。⑨音楽を聴く。⑩買物をする。

＊楽しいと考えるものベスト10（理想）

①美しい風景を見る。②おいしいものを食べる。③友だちと会う。④手紙、はがき、カードを受け取る。⑤家族や友だちのいい話を聞く。⑥音楽をきく、⑦友だちや同僚と食事をする。⑧大声で笑う。⑨夜にぐっすりと眠る。⑩旅行をする。

おわりに

最後に、この本の成り立ちについて記しておきたい。

第一部は、私の個人ブログの記事から生まれた。この個人ブログは「おふぃす・ふじかけ（BLOG）」（http://fujikake.jugem.jp/）といい、その一部はFacebookにも出している。二〇〇六年十二月から始めたもので、今も更新を続けている。ブログ記事についてはいろいろな人から感想をいただくが、なかには、ワンセンテンスだけを抜き出して、まるで名言のように味わってくださる方がいる。たしかに文章が短いと、読み手の想像力が刺激され、読み手個々の体験と突き合わせが行われやすいのだと思う。

ちょうど個人ブログ開設から七年がたったところで、過去の自分のブログ記事を読み直すことを思い立った。読み直してみると、印象付くものが幾つもあったので、それを連載のようにブログで再度紹介することにした。合計四〇〇くらいを寸言にした。本書の第一部は、このような寸言群から一〇〇を選んだものである。

第二部は、「リバイバル・ジャパン」という地引網出版の雑誌の連載記事から生まれた。あるとき「リバイバル・ジャパン」編集長の谷口和一郎氏から、「教会の人間関係」にまつわる実際的な提言を連載で書けないかという打診があった。私は彼とのやりとりのなかで、「交わりのあり方を論じるよりも、交わりの素材を提供したい。素朴な交流を導く呼び水的な問いかけ（おしゃべりレシピ）を毎号連載してみたい」という思いを抱いた。谷口氏からも受け入れられ、二〇一一年の十一月号から「おしゃべりレシピ」という連載記事を担当させていただき、それは二〇一三年十一月号の最終刊まで続いた。（なお、「リバイバル・ジャパン」誌は隔週刊の雑誌であったが、現在は「舟の右側」誌〈月刊誌〉として装いも新たに刊行されている。）本書の第二部は、その際に書いた原稿にいくつかのものを加筆したものである。

この「寸言」も「おしゃべりレシピ」もどちらも、普通ならそのまま消えていくはずであった。幸いなことに、いのちのことば社編集者の根田祥一氏に、この「寸言」と「おしゃべりレシピ」の話をした際に、注目してくださったことから、一気に書籍化の話が進んだ。根田氏のサポートなくしては本書は世に出ることはなかった。谷口氏のときもそうだが、編集者の繰り出すおしゃべりの力はいろいろなものを引き出してくれる。ここにあらためて感謝申し上げる。

なお、本書に掲載された「寸言」も「おしゃべりレシピ」も、私の身になっている言葉であり、おしゃべりネタである。だからブログの記事や活字にするときは，別の人が発言したものが無自覚に混ざっていないか確認するのであるが、自分ではなかなかわからないことが多い。

さらに悩ましいのは聖書を引用した寸言である。教会の礼拝説教を聞き続けている身としては、その牧師の説教の影響が大きくあるし、その説教内容をブログ記事に載せることがある。一方で、説教者の意図を離れて私の思いの中でまったく違った発酵をすることもある。本書の寸言は後者なのだが、この見極めも難しい。そのため今回は聖書の引用のある記事は極力掲載しないようにした。それでも46番「すでに」などは、発酵した私の大事なテーマであると思っていたが、今回よくよく振り返ると礼拝説教で与えられた問いかけであることが途中で思い出された。一つの典型として坂野慧吉牧師（浦和福音自由教会牧師）の許可を得て、今回はそのまま掲載させていただいた。

二〇一九年三月

藤掛　明

本文中の写真はすべて著者の撮影による。
113 ページの写真は聖学院大学チャペル。

藤掛　明（ふじかけ・あきら）

現在、私は聖学院大学で教員をしています。専門は臨床心理学です。臨床心理士でもあります。日本犯罪心理学会理事、日本描画テスト・描画療法学会理事をしていますが、これらは私が犯罪や非行の臨床からスタートし、コラージュなどの描画を好んで用いてきたことをよく表しています。

大学を卒業してから、法務省矯正施設に就職し、非行の面接を中心に21年間働きました。この法務省時代は、文字どおり24時間、365日働き続けた気がします。そうしたなか、このまま組織の中で働き続けるのか、もう少し個人色を出して働くのか。また、心理臨床で身に付けた技能を一般社会に還元するのか、キリスト教界に還元するのか。そうした問いかけに悩みつつ、43歳で今のキリスト教主義の私立大学へと転職しました。

また人生の後半戦を進むなか、病気とのつきあいも避けて通れませんでした。50歳（2009年）のとき、悪性リンパ腫の告知を受け、抗がん剤治療で休養中心の生活を経験しました。55歳(2014年)になると今度は、筋肉がスムーズに動かなくなる難病が発症し、現在仕事をしながらそうした病とつきあっています。

これまで、そのつど、考えたことを文章にしてきましたが，人生の節目に関わる思い出深い著作として、『ありのままの自分を生きる』（一麦出版社、2009年)、『雨降りの心理学ー雨が心を動かすとき』(燃焼社、2010年)、『聖書と村上春樹と魂の世界』(共著、地引網出版、2013年)、『災害と心のケア』（共著、キリスト新聞社、2012年)、『16時40分ーがんになった臨床心理士のこころの記録』(キリスト新聞社、2012年)、『人生の後半戦とメンタルヘルス』（キリスト教新聞社、2016年）などがあげられます。

真実の自分と向き合う
100の寸言　50のおしゃべりレシピ

2019年5月20日　発行

著　者　藤掛　明

印刷製本　日本ハイコム株式会社

発　行　いのちのことば社

〒164-0001 東京都中野区中野2-1-5
電話 03-5341-6922（編集）
03-5341-6920（営業）
FAX03-5341-6921
e-mail:support@wlpm.or.jp
http://www.wlpm.or.jp/

ISBN 978-4-264-04051-4